KB262301

잠시 휴식

생태계 보존과 반전(反戰) 의식

잠시 휴식

생태계 보존과 반전(反戰) 의식

박만영 시집

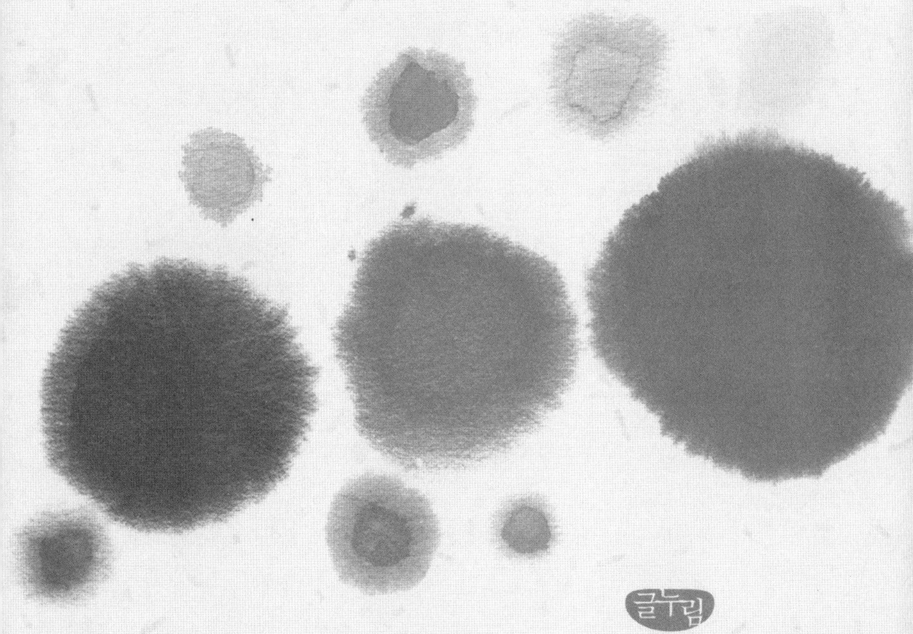

글누림

묵은 것과 새 것 몇 편을 골라서 한 권의 시집으로 묶었다. 나이도 먹을 만큼 먹었으니 우리말에의 집착도 조금은 식었으면 싶다.

우리 시가(詩歌)의 뿌리는 어떤지, '향가'와 '고려가요'에 열중한 적도 있었다. 주석서의 이것저것을 비교해 보니 서로의 의견이 다른 점도 많았지만, 모두가 한결같이 우리 유산을 사랑하는 열의에 불타고 있어서 숙연해지지 않을 수 없었다.

동양 삼국의 '고전 시가'라면 대개 그 꾸밈새가 대동소이한데, 팔이 안으로 굽는 탓인지 우리 시가의 객관성과 구체성이 돋보이는 것 같았다. 천년 세월의 거리감도 느껴지지 않았다. 서구인들이 관념으로만 이루어진 음악을 예술의 최고봉으로 꼽는 것과는 반대의 현상이다. 그런데 지금 우리들의 예술이 어느 부문이든지 추상과 관념이 들끓는 것은 서구를 닮으려는 세태의 탓으로, 어쩔 수 없는 일이 아닐까.

일제강점기의 선각자들, 오늘의 몇몇 시인들의 시풍을

보면 옛날 우리 것을 이어받고 있는 것을 볼 수 있다. 자기네 문명에 숨통이 막힌 '히피'들이 샌프란시스코에 둥지를 틀고, 동양의 불교를 넘겨보기도 하고, 시에 있어서는 동양의 객관성과 구체성을 보여주기도 한다.

26편의 '향가'와 '고려가요'에는 고전적 사건과 이에 관련된 인물들, 계절과 장소가 저절로 배어 있는 것이 많다. 이것은 시의 현실성을 나타내기 위한 필수 요건으로 굳어진 것 같다. '희랍' 고전 비극의 '삼일치(三一致)'가 인위적인데 비하면 우리 고전의 기법은 훨씬 자연스럽다.

아무리 세계화니 뭐니 해서 '외풍'이 드세게 불어도, 선조들로부터 이어받은 이 몇 가지 요소를 뽑아버리지 못할게다. 이는 이 시집 전반을 관류한 나의 생각이었다.

2008년 새봄을 맞으며
박만영 씀

차 례

제1부

은총의 때

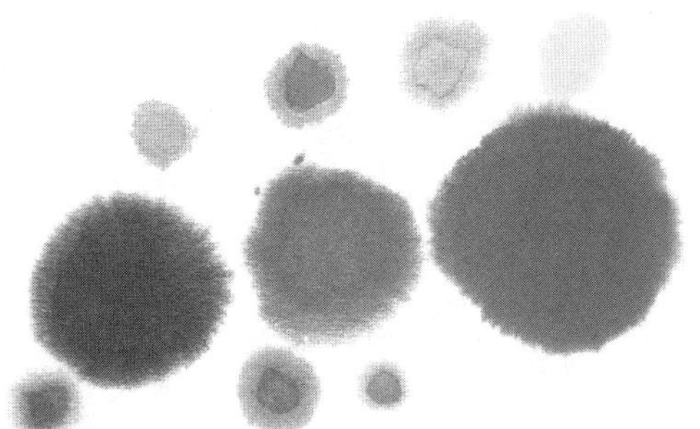

네바다에 피는 웃음

사막의 불볕 바람도 범접 못하는
서늘한 궁궐 속인데도
뭇 투전 기계는 항상 신열을 앓는다.

사람들은 기계 손잡이에 매달려
행운을 건지려고 애쓰고
쟁반에 소다수를 받쳐 든
종아리 멀쑥한 백인 여자들은
기계 사이를 헤엄치는 인형들이다.

한국 아낙의 호칭은 '블랙 잭 딜러'
빛살처럼 셈하고
바람개비의 회전으로
거두어 섞는 카드는
손끝의 요술.

삶이라는 사슬에 묶여
'네바다' 사막으로 흘러온

나지막한 여자
훈훈한 미소에 취해서인지
백인 사내의 호주머니는
늘 축나는 모양새.

주화를 포식한 기계가
때로는 배설하는 쇠붙이의 교향곡.
우리말 모음이 또렷해
먼발치에서
딜러의 뒷모습만 바라보았다.

값진 시설과 조명 속
더욱더 고전을 띤
동양의 웃음과 다소곳한 예절을
네바다의 뭇 바람이
앗아가리라는 기약은 아직 없다.

사막에도 꽃은 피는데

몇 시간을 달려도
푸짐한 봄비에 소생한 사막
돌 자갈 밭에 샛노란 꽃 신기하다.
식사를 마친 뒤 두 친구의 억지
값비싼 '미라지 쇼'를 보느니
차라리 사막인 우리네 가슴을 축이자고

음향의 부풀음에 터지려는 밀실
가락에 맞춰 능숙한 춤꾼은 흥얼거렸다.

몇 순배 흰 여자들이 그림자로 사라진 뒤
눈에 익은 수줍음이 무대에 올랐다.
젊디젊은 한국 여자다.

뺨에 찍힌 립스틱 자국은
이해와 용서를 비는
한 백인 여자의 고해
이제는 지워버리자고

친구가 휴지를 내밀었다.
미련도 없이 훨훨 나오려는데
난데없는 종소리.
이 고모라의 거리에도 교회가 있어
저승길 떠나는 혼백을 달래는가.

신선한 호흡과 정적을 찾아 나선
라스베가스 뒷거리
길은 검은 사막으로 이어져
땅은 봄비를 머금은 채 잠들었더라.

한국 사람은 쉴 줄 모르는 벌레.
지금쯤 그 아가씨도 차례를 기다려
부끄러움에
입성을 걸치고 있을 거다.

나리 꽃

어둠 따라
숨결은 왜 가빠지나.

희디흰 잇몸 까뒤집고
확확 숨 토해도
나비의 꿈자리에
이르지 못하나?

초록 그늘엔
벌써 맺힌 이슬.

자방(子房) 속 꿀의 새김질도
소용이 없어
정녕 숨결은 도가니
어둠을 송두리째
태우려는 하얀
그리움.

익어 허물어진 숨
몰아쉬며
희게 타는
나리꽃.

은총의 때

언제나 인적이 드문
'행콕 팍' 뒷골목.
명절을 앞두고 늘어선 쓰레기통이
한 해의 찌꺼기로 배가 부르다.

집집마다 나름대로 점멸등 장식.
아롱다롱 깜빡거려
색색가지 캔디.

흑인이 미는 카―트 하나 다가와서
쓰레기통 검은 입을 벌린다.
은혜가 아쉬워
속속들이 뒤진다.
찢긴 포장지 속에 숨어 있을
제 몫을 놓치지 않으려고
손은 깊숙이 파고든다.
손수레가 가득해지는
은총의 때.

어둠이 가속도로 내려도
가난한 손끝은 감촉으로
주신 선물을 알아차리나 봐.

피부색은 어둠에 녹아들어도
카ー트 금속의 차가움이
더욱 빛나는
성탄전야.

하늘의 빛 모아

대낮에 가로등이 켜졌다.
구식 수은등이 중천의 해와
빛을 겨루며,

태산 목 그늘의 가로등
어느 불황의 시절에 세웠기에
저렇게 깡똥할까.
나무는 지난해의 빨간 씨알을
보도 위에 뿌려
생명력을 과시한다.

5월이 와서
하늘의 빛 모아
벙그레 할 태산 목
희디흰 꽃,
한낮에 켜져 쑥스런 가로등
포근히 감싸주어라.

표범

내일이면 총살되어
박제로 변할 얼룩진 친구에게
작별 인사를 던졌다.

살기(殺氣)를 부채질하는 태양은
아프리카에만 있나
쓸모없는 발톱을 움츠리고 견디니
싱거운 햇빛
털의 사치를 불태우지 못했다.

전쟁 통에도 밀어닥친
꽃과 '기모노'
당황하여 짧은 아래 턱
야멸차게 다물고
미쳐 춤추는 용수철.

먼 밀림을 손짓하여
긴 꼬리가 부르는 노래

타성으로 굳었고,
뜀질을 쇠 우리에 가두고
잔인을 비굴과 바꾸어 살았다.
저울에 단 제 때의 찬마저
이을 수 없는 처지
썩어 가는 내 창자를 쏟아줄까.

밤이면 승전의 초롱 행렬
꽃밭을 이루어도,
폭격에 우리를 뛰쳐나와
부릴 횡포
내일이면 총이 겨눠진다.

논개는 물이었다

‘나이아가라’는
쏟아지고 엎어지고 뒹굴지만
남강은 깊고 조용하다.
세계의 어느 물도 한 덩어리다.

어둠에 깔려
폭포에 조명이 어리고,
폭포소리는 자장가로 변질해
속살거렸다.
“애초에 논개는 물이었다.”

그래서 왜장 ‘케야무라 로쿠스케’의
목을 틀어 안고 물로 돌아갔다.
어느 폭포에나
‘논개’의 절규와
‘로쿠스케’의 비명이 있다.

‘케야무라 로쿠스케’ 텁석부리 사내

고향의 사당 그림에는
'논개'가 첩으로 시중드는 모습이 요염하다고
꿈결에 강물은 귀띔했다.
남강 상류 맑은 물 한 바가지 떠가서
사당에 뿌려
부정을 가셔야 할 일이다.

제2부

잠시 휴식

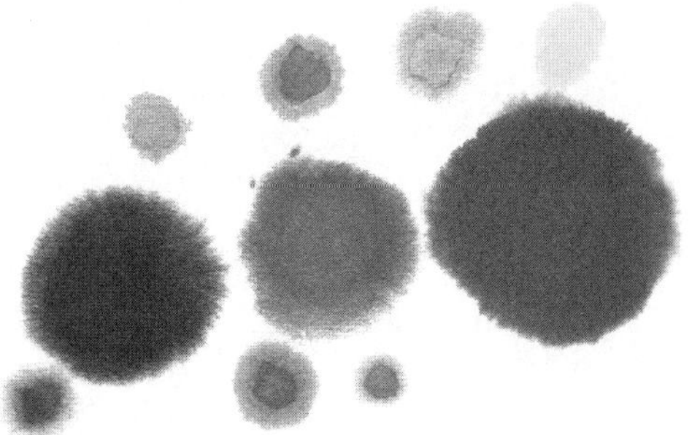

에델바이스

말린 에델바이스를 보긴 했지만,
행여나 눈 속에 피었나 싶어
'에귀 디 미디' 정상에 섰다.
싸락눈마저 뿌려
가이드가 가리킨 방향엔
'몽블랑'은 서 있지 않았다.

급경사를 내리달려
자주 여자들의 기성도 터지고,
산소 희박증에 헐떡이던
숨결이 가라앉아,
은은히 울리는 에델바이스
우리 목청을 가득 실은 케이블카는
스위스 하늘을 달리는 방주.

내일
알프스 남쪽 비탈을 내려가면
'마법의 피리'에 취하게 하는

한국 가수가 있어
그의 아리아 '밤의 여인'은
'아우렐리아'* 성벽을 넘은 지
이미 오래란다.

'샤모니' 마을
신축한 별관엔
우리들 외엔 투숙객 하나 없는 불황.
파김치가 된 몸을
침상에 던졌다.

꿈길이었던가
눈사태로 쓰러진 고사목은
악사들의 자세,
암벽에 달린 긴 고드름에서 떨어지는
물방울 소리.

먼 곳의 몇 줄기 폭포와 뒤섞여 이루는 교향악

플루트 솔로가 들려왔다.
에델바이스다.
찬바람에 떠는 흰 솜털의 꽃
객지살이에 익숙해진 한국 가수가
불러 넘기는 가락이었다.

* 옛날 로마를 둘러쌌던 성벽.

잠시 휴식

땜질이 고작인 도로 공사판에
아낌없이 쏟는 금빛 잎사귀.
날품팔이 인부들더러
흙발로 짓밟게 하는 까닭을
아무도 모른다.

이것은 속으로만 간직한 기쁨.
잎 진 가지 마디마디
새로운 뜻을 안고
아픈 겨울 채비를 하고 있다.

잎이 날리지 않는 날,
안경 낀 선사(禪師)와 신부(神父)는
골프채를 쥐고
떨어진 열매를 낙엽 위에 굴려본다.
윤회냐 부활이냐를 논의하다가
지치면 서로 쳐다보고 웃고,
경문에 졸던 신앙

이젠 자야 할 때다.

새순 돋아남과 더불어
도도히 날아 올 꽃가루의 홍수
다시 금빛 잉태는
쓰라림 속의 꿈,
몇 천 년을 이어 온 성장이다.

잠시 겨울을
인내하며 쉰다는 인사
말없는 공사판 위에 펼치고
잎 진 자리 새싹들은
눈을 감는다.

푸른 십자가

혼혈의 흔적도 없는
희디흰 손등의 부호.
중미(中美)의 풍습에 자라 약간은
미신다운 푸른 십자가.

주문한 샌드위치를 내밀던 날
엇비스듬히 햇살은
그의 두 손등에 어리어
의문은 드디어 풀렸다.
"땅 끝까지 전하라."

총검은 인권을 꿰는 나라.
커피 밭에 쏟는 시간당 땀 값은
겨우 1달러.
새삼 흰 살갗이 부끄러워
손등을 먹칠하고
송송 바느질을 하였다.
소녀의 신심과 의는

피와 함께 엉키어
손등 작은 골고다 언덕에 나타난 십자가.
나라 등지고 발길 북으로 향할 때
따르려던 뭇 건달들을
십자가는 조용히 달래었다.
과테말라 코카인의 말썽은 없어도
어둡고 여윈 땅에 자라
높지도 않은 코의 겸양을 바라보며
이날부터 문신과의 교감이 시작됐다.

뭇 인종이 붐벼도
요행히 헬렌의 레지스터가 찍은
쪽지와 컵을 받아들고,
나는 곧잘 억지를 부렸다.
"네 주먹에 손끝이라도 닿아야겠어!"
수줍어하며 카운터에 올려놓는
자그마한 주먹 골고다 언덕,
사람들의 시선도 아랑곳하지 않고

미친 듯이 문질러댔다.

푸른 십자가와의 밀월은
어느덧 여섯 달.
짬만 나면 헬렌은 종알거렸다.
"총과 칼을 녹여 보습을 만들게 하소서."
안짱다리 귀여운 걸음
사뿐사뿐
웨이트리스의 임무를 다하여
공기에 파장조차 일으키지 않았다.

나날이 이곳에 들랑거림은
실내온도 늦가을을 넘어서는 온기와
한식보다 값싼 음식 까닭만은 아니다.
푸른 십자가가 나르는 일용할 양식
'로스트비프 디럭스'에 낀
스위스 치즈 희멀건 맛보고

속으로 올리는 기도가 있다.
"중미 흰색들의 횡포를 눈여겨보시고
이들을 심판하소서."

나들이

불과 몇 십 원에 산
하룻밤의 호사로움.
미군이 버리고 간 퀀셋은
극장으로 개조되어
농사꾼들의 빈 가슴을 채워주는 장소.

주린 빛 하늘과
겨울 잠든 농토 사이
비포장도로를
버스는 율동하며 달렸다.

딱딱한 자리에 무릎을 오므린
승객들은
각자 옷깃을 세워
기억에 남은 화면의 정경을
찬바람에서 막으려 하고,
쌀과 화장품이 교역되는
'모라리' 정유소엔

표지판도 등불도 없다.
마른 오징어 몇 마리가 추녀 끝에 매달려
바람에 춤을 출 뿐이다.

하룻밤의 환락에
고개가 무거워진 사람들은
인사도 손짓도 없이 헤어져
바람이 앞지르는 농로(農路)를 걷다가,
또다시 하루의 나들이를 뒤돌아본다.
지평이 끝나는 곳
항구는 아직도 활활 불타고 있다.

바위섬

나를 못 찾아 거리를 헤매다가
바다가 손짓하길래
행여나 싶어
외딴 바위섬으로 갔다.

풀 한 포기 한 그루 나무도 없는 섬은
햇볕 속에 멱 감고 있었다.
나도 알몸이 되어 바위 위에 벌렁 누웠다.
갈매기가 내려다보며 지나가도
부끄럽지 않았다.

섬은 하루 종일 뭔가를 씨부렁거렸지만
나는 깨닫지 못했다.
나를 위한 기도였다는 것을 나중에야 알았다.

태풍이 휘몰아치던 날
먼발치의 섬을 바라보았다.
떠내려 갈 듯하며

물결 맞받아 고함지르며
그 자리에 그 자세로 버티고 있었다.
몇 억 년을 그랬으리라.

바람이 잔 뒤 섬으로 건너갔더니,
섬은 옆 걸음 치는 게들과
너울거리는 파래를
포근히 품고 있었다.
아무 일도 없었다.

몇 해를 두고 바위섬과 사귀고 보니
섬을 알 것만 같았다.
집착하는 따개비와
겁 많은 말미잘을
내게 詩로 주었다는 것도,
나는 섬과 하나가 되는 게
소망이었음도 알게 되었다.

육식어

짓씹히는 금붕어
울음이 가득 찬 어항 속
비만증에 거린 육식어는
곧 잘 수면으로 뜬다.
그들 영역엔 물풀도 자라지 않아
겨우 수석에 돋은 이끼뿐이다.

금붕어들의 평화를 즐겨먹어
붉게 물든 고기,
이끌 권속도 없는 고독은
건너편 열대어족의 정다운 행렬에
부은 얼굴을 보인다.

저주를 완상하라는 조명에
한결 독살스런 얼룩무늬
갑옷을 걸치고,
물에 경계를 그은 양
암수가 늘 사투를 벌인다.

미식가들의
길어진 아래턱의 거만은
유리의 경도(硬度)를 쪼아 보고는
무료해
물속에 흉한 하품을 토한다.

해바라기

담벼락에 기댄 해바라기 긴 행렬.
해가 그리워 휘돌리던 고개를
계절과 더불어 늘어뜨리고,
함석지붕 밑의 여윈 얼굴들을
지그시 바라보았다.

여름 동안 밖에 뒀던 화덕을
부엌으로 옮겨 가스 냄새
중독도 걱정이지만,
지붕이 미리 삭아
겨울비가 샐까 두렵다.

훤칠한 키 끝에 터졌던 열정은
가을바람에 오므라들어
소복이 박힌 씨알.

밤이면 밤마다
곤히 들리는 숨소리.

모기장 걷어버릴 날도 멀지 않아
그땐 더욱더 또렷이 보일 핼쑥한 얼굴들.
해바라기 행렬은 불침번으로 서서
이들의 잠을 지키고,
아이들은 해바라기 기름진 씨를 까먹는
꿈을 꿀 게다.

고국 소식

정월 상순인데 목련은
활짝 피어 놀라게 하더니
벌써 지고 있다.

아무렇게나 던져진 신문 뭉치는
겨울 잔디 푸름 위에 뒹굴고 있어
잠옷 바람의 여자는 맨발로
뛰쳐나온다.

명절이면 두 발 곱게 조이던 버선
치켜든 코의 맵시 벗고 와서
이곳 풍습에 길들었다나.

펼쳐들면
진한 잉크 냄새.
눈시울 뜨겁게 하는
경찰과 학생들의 격투기
최루탄 가스 냄새에

여자는 조용히 신문을 접는다.

목련도 지고 있다고
그 곳에 신문 뭉치
고약한 냄새
던지지 말아다오.

강물에 뜬 삶

설렁설렁 강물을 갈라
원시를 거둬들이는 어부.
이물에 아이들 앉히고
고물에 그물 깁는 아내를 태워
혈연은 그물코로 맺혔다.

더위를 찾아 휘파람새는 떠나버린
조용한 강 언덕에 배가 닿으면
아이들은 갈꽃 뽑아들고,
시름 씻는 빗자루
만들자 했다.

모래톱을 피하고
밀물 썰물 다 겪고
달은 해로 이어진 생활.
꿈틀거려 힘살은 태고를 말해 주고
바람을 걸치고 강물에 살아
구릿빛 살갗.

녹산 수문 반나절 장터에
어획을 풀어,
번번이 구겨진 지폐로 닦는 냉소.
다시 저어
이제는 어디에 그물을 내릴까
간밤의 꿈을 되새겨본다.

땅꾼

상자 속에 우글거리는 징그러움을
땅꾼은 어여삐 여겨,
양산을 펴
거리의 자외선을 막아줬다.

살모사의 무늬에도
까치독사 치켜든 머리
등고선의 짙은 색깔에도
근교 발전소의 매연이 날아 앉는 것은
어쩔 수 없는 일.

땅꾼은 뱀이 귀여워
돌무더기를 뒤지다가
번져 나오는 이끼 냄새 묻은
뱀의 호흡을 즐겨 마셨다.

도시의 뱀은 껍질이 벗겨져
알몸으로 꿈틀거리며,

죄다 토해내는
산의 짙은 향내.

땅꾼은 잠시 머무른 거리
낡은 모서리를 바삐 떠나려고
양산을 접는다.

경기장의 살로메들

겨루는 기량에
억센 살로메들
응원가를 따라 몸매는 나부낀다.
득점판에 늘어나는 숫자는
시민들의 입가심
군침을 돋우고,

살의 개화기를
아카시아의 미소가 둘러싸고,
트레이닝 팬티로 졸린 발목들의 애띰.
치마폭 같은 응원가를
젊은 경기 위에 펼쳐
노르께한 음색
뒷산에서 되돌아온다.

출렁이는 육체
넘치는 힘에 불 지르는
영남 살로메들의 반주

관람객들은 햇빛을 막던
손수건을
너나없이 흔들고,

요한의 목을 자르던
춤판 잔치보다 건강한 놀이
빗나간 공은
아카시아 꽃가지를 두드려
경기 위로 꽃의 찬사를 흩는다.

새는 피를 토한다

얌통머리 없는 새 한 마리가
꼭두새벽의 단꿈을 쫓아버리고,
변화무쌍한 목청으로 약을 올린다.

자지러지듯 이어가다가
불길처럼 타오르고
시동하는 엔진 소리마저 밀쳐놓고
잠의 테두리를 넘나들며 용용 죽겠지,

짝을 짓자고 둥지 틀자고
수줍은가
볕살이 분간을 가져오기 전에
새는 울음으로 정을 호소한다.

봄 과일도 익어 간다고
낯선 새에 띄우는 연서(戀書)
시간의 흐름에
칠하는 고운 색깔

엷은 안개를 휘젓는 보챔은
거침새 없는 박자로 울려 퍼진다.

얌전한 새 한 마리 홀려와
곁에 앉기를 바라
저렇게 공을 들인다.

천둥과 꽃을 기다려

꽃 따던 아가씨들
치마 뒤집어쓰고
집으로 뛰어들 겨를은 있었지만,
찧은 보리 말리던 멍석 말아 들일
짬도 주지 않고
먹구름은 소나기를 풀었다.

치렁치렁 머리 땋아 내린 아가씨들
기울이는 꽃에 속삭였을 뿐인데
이것이 죄였습니까,
흩어진 꽃들
흙탕 물 따라 모조리 떠나갔다.

동쪽 하늘에 걸렸던
무지개도 사위고
아가씨들 손톱 끝에 남은
주홍빛 반달도 지워져 갔다.

엉겹결에 씨 주머니들
멀리 씨알을 퉁겼단다.
닥쳐올 겨울엔 이를 악물고
먼 천둥과 꽃을 기다려
참아야지,
귀밑머리 긴 아가씨들
손톱을 위해.

춤추는 숲

눈보라 휘몰아쳐
숲, 헐벗은 몸은
감각을 잃고,
신음소리마저 삼켰을 때
바람은 대신 울었다.

고된 인내의 시간은
더디나마 지나가
해는 '북회귀선'을 넘으련다는
소식을
순한 남녘바람이 전하길래,

숲은 한숨 토하며
뿌리에게 전하는 소리
"언 땅은 곧 풀리려네
물기를 찾아 더듬어 뻗으라."

기지개 켤 때마다

툭툭 싹트는 소리.
어느새 새 옷으로 갈아입은 숲
새들의 노래에 맞추어
푸른 춤을 춘다.

제3부

국산품

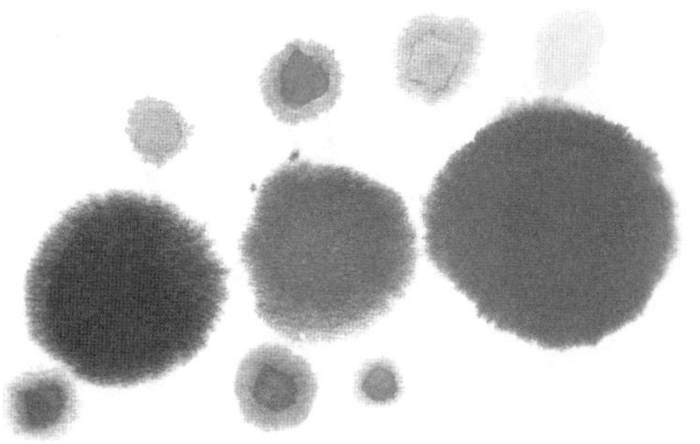

사막이 되어

가슴 메말라 사막이 되어
교태 있는 꽃이 피어도
다시는 꺾지 말라 하더라.
땅의 독기 몸에 배어
앓아눕기 일쑤란다.

언덕 사이 흥건히 물이 고여
나무 그늘 푸르러 보여도
찾지 말라 하더라.
거기는 하수 처리장
먼 온천장의 배설물이
고이는 곳.

선인장 가시와 검불이 끝나,
모래의 무늬 아름다워도
발자국 찍지 말라 하더라,
고운 산호 뱀 숨어 있다가
발목을 문다나.

사막의 길이 뚫려 있어도
들개들의 사냥 길.
먹이 찾아 헤매다가 지친 나머지
달밤이면 하늘 우러러
울기만 한단다.

국산품

몽고 원정군 기병대 발굽이 닿지 않은 곳이었다죠?
전 밟고 싶었어요.
'사샤'에서 나온 겁니까?
아니, 국산품예요 예쁘게 빠졌죠?

'포부르 생 앙뜨완느' 거리,
짓밟혀 혁명의 불길이 이글거리던 곳.
후손들의 손끝으로 이루어진
미술품으로 넘겨짚었습니다.

군사문화를 낫질해 버린
한국 사람들의 신발 소리도 울리는
바스티유 광장.
동양의 물결이 점령하는가 싶었습니다.
한국 상사의 간판 하나만이 모퉁이에 걸렸습니다만.

'마리 앙뜨와네트'는 경비병들 앞에 알몸을 드러낸 채
비단 속옷으로 갈아입고,

사치도 허영도 단두대에 올랐습니다.
오늘 날염무늬 무명치마는 훈풍에 나부꼈습니다.

유행의 첨단을 밟은 검정부츠와
긴 치마 사이
겨우 두 치 남짓 아른거려 희디흰 살결
콧대 센 파리 사람들
동양의 깊이를 알았을 겁니다.

부츠의 날랜 움직임은
'포부르 생 앙뜨완느'의 선술집 안주인,
마담 '드피르쥬'의 갈급한 뜨개질 솜씨를 닮았더군요.
당신의 화필도
혁명의 광기로 물감을 문지르세요.

강화도에서 훔친 헌 책에 새로 입힌
비단 꺼풀 고맙지 않아요.
이집트에서

약탈한 오벨리스크 훤칠한 키에
당신의 칠흑머리에 단 검정 리본
상장으로 달아주고 싶었습니다.
원폭실험의 말로라고.

긴 여행 끝에
부츠의 바닥이 해어져
거름더미에 버렸다지요?
아닙니다.
깨끗이 수리된 녹 피 부츠는
추자 나무 장식장 맨 위 칸
현대 한국 도자기의 푸름 속에
잠자고 있습니다.

독사와 선인장이 사는 가슴

달도 흐려
아득한 사막으로 뛰쳐나왔다.
독사라도 만나면
정다울까봐
황야를 허둥댔다.

웅크린 선인장
가시 위에 엎어져
상처마다 피가 솟으면,
어혈 맺힌 가슴이 후련할까봐
젖은 달 바라보며
갈 바를 몰랐다.

달도 흐리다.
울고 있다.
눈물 방울 모래에 쏟아져도
흔적도 없을 것을
매몰찬 가슴은 사막을 닮아

독사도 선인장도 살고 있다네.

원자핵 시대

자주 앓아
깊숙한 골이 파인 선인장의 고향은
모래가 엿가락으로 녹은 '네바다'
방사능 아슬아슬한 걱정에
조제실 백랍의 약사를
자주 넘겨다봤다.

약 첩 접는 손가락이 풍기는
백랍 향내는
곤충들도 들뜨게 하는 성찬.
수정도 없이 시드는 하루살이 꽃들을
열 손가락 하나하나에 접붙이면
우선은 꽃반지가 될 화창한 날씨.

선인장은 이제는 기갈 들지 않는다.
고향으로 정한 우윳빛 살갗 깊숙이
가시로 아로새기고 싶은 연가가 있기 때문.

골이 주름살 된 요즘
선인장은 더욱 자주 앓아
백혈병의 증세.
백랍 약사의 조제에 겨우 잠이 들면
'비키니'* 환초를 태운 불꽃에
약사가 사르르 녹는 꿈.
소스라쳐 잠 깨는
원자핵 시대.

*미국이 맨 처음 수폭 실험을 한 곳.

상록수 숲

다듬은 머리 상록수 숲
그 그늘 아래 한때
매혹의 등불 환하여
나를 호리던 창
가을이라 닫히려 하네.

잘 가라는 인사 한마디
낙엽처럼 떨어뜨리면
열기 가신 해를 향하여
멀어져 가는 숲
검은 정염.

숲은 바람에
산산이 부서져도,
매무새는 익어
고개 숙인 이삭
어느 방향으로
나부낄 건가.

빗질한 숲
이울지 않는 깊이에,
내 새장의 금화조를 풀어
미치도록 날려
이 가을을 잊었으면.

빈집을 처방하는 약사

약사가 비워버린 집.
문설주에 기대어 서면
뜰의 잡초 무거운 그늘을 드리운 속,
도마뱀 할딱거리는 양 볼을
양산 끝으로 겨눠보는
실속 없는 수작.

습기를 가둔 방문을 끄른다.
짧은 풍화에도 벽지는 찢어져
패잔병의 깃발.
한땐 분 냄새 풍긴 세간도 있었던가
벽엔 바늘 꽂혀
색실 가늘게 흐른다.

인사 온 풀무치 뒷발길에도
곧잘 깨어지는 꿈에 나타난
조제실.
굳게 틀어막았던 병마개는 간 데 없고

입 헤벌린 차광 병들은 줄을 이었다.

약사는 잔잔한 목소리로
빈집의 증세를 묻고,
거미줄과 잡초를 다스리라는
처방을 내리고는
다시 돌아 갈 신혼의 조리대.
약사는 흰 가운에 겹쳐
행주치마를 두른다.

섬진강 달맞이꽃

강 구비마다
달맞이꽃 후줄근히
밤 오길 기다려
노오란 낮잠.

강 건너 꿈 깔린 백사장으로
강물 가르는 나룻배에는
꽃 꺾어 든 사람
아무도 없네.

강물 따라 오십 리 육십 리
입 다문 달맞이꽃.
이 밤도 이뤄지나
달과의 사랑.

달빛에 물든 노오란 마음
변치 않아
햇빛 강물에 어른거리면

이내 고개 떨구네.

섬진강 긴긴 강가 달맞이꽃
물에 달그림자 뜨면
마음 스스로 풀려
다시 피는가.

밀밭은 변하여

오르내리던 층층다리엔
어느덧 돌이끼 끼었겠네요.

자라는 살갗 저절로 터져
진의 향내 옷에 묻던
향나무 그늘,
우리들 숨어 서던 곳.
바람 불어 나무는 되풀이합니까
고개 숙이면 새어나던
탄식의 말을.

밀밭은 변하여
교회가 서고,
새벽마다 울리는 종소리
아직도 참회의 눈물
흘립니까.

이제는 서로 비켜 지나갈 때,

거리낌 없는 인사
웃으며 나눌 수 있겠지요.

썰물의 시각

입금 전표를 찢고
수납장을 변조하던 사내들은
드디어 뱃속의 술을 토해
손수 모래로 덮었다.
여직원들에겐 엿가락을 던져주는
썰물의 시각.

눈물은 콧속에 모여
노래를 멈추어
흐느끼던 기타의 밑판 들여다보니
상표는 '스페니시'
카르멘이 투우사를 뿌리치는 도안.

엎질러진 술잔에
바닷물을 떠 와
발톱을 닦은 여자들은
먼 모래언덕으로 올라갔다.
(오늘의 총계정 원장은 깨끗이 막고 왔습니다)

그리고 손수건을 흔들어
오늘을 마감했다.

제4부

농부農婦와 눈雪

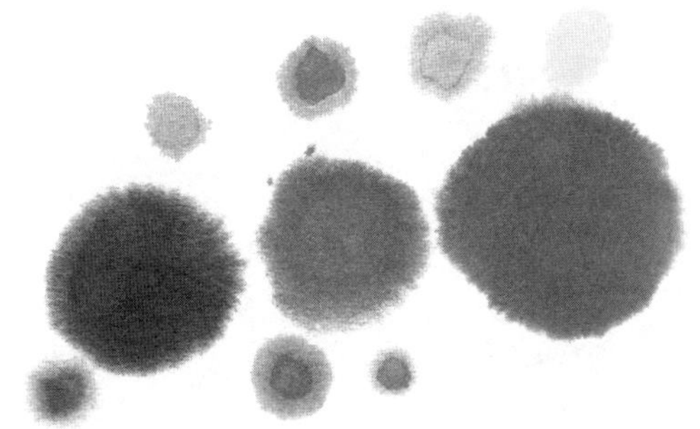

까마귀의 영토

무성하던 포 소리도 숨을 거두고
초연도 걷혀,
눈 못 감는 피아의 푸른 주검은
여기저기 뒹군다.

맞부딪친 돌격은
총끼리 십자가를 이뤄
비로소 멈췄다.

낡은 가지엔 까마귀들
게걸스런 부리
창자를 쏟아 시장한 배를
의아스레 여기는 눈치.

전쟁 뒤치다꺼리
속 시원히 넓어진 하늘엔,
너울거릴 상여
이긴 싸움이라

잘려 헝클어진 전깃줄을
축하의 테이프로 감을 건가.

천장은 내려앉아
낡은 콘크리트 벽보다,
눈먼 가로등보다
높은 자리에서
까마귀들은 풍요의 영토를 즐기고,

자본주의도 공산주의도
이젠 탁 트인 제단에
손을 맞잡았다.

쇠의 팽창이 훑고 간 빈 터
타고 남은 가지에
몇 마리 까마귀들은
너무나 심한 고요가 수상쩍어
터뜨리는 웃음소리.

병든 겨울

춥다 추워
'제인 러셀'* 고지도 겨울로 분장하고
피의 능선
육박전 함성이 들려오는
먼 후방.

흰 죽 사발 핥던 얼굴 맞대고,
전쟁에 장단이나 맞춰
서로 쿨룩거리다가
금붕어 같은 핏덩어리 빗물고
웃어야 한다.

보라, 저 지평에 헐떡이며
겨울에 쫓기는 언 그림자를
한때 트랙터 같던 몸집은
썩어 가는 내연 기관을 안은 채
식은 흙벽을 지고
봄을 기다린다.

철의 삼각지대
살과 쇠는 함께 터져
삭풍과 피 먼지가 휘몰아치는 후방.
포장도로 위에도 피 가래가 미끄러진다.
그래도 우리들은 커피 잔으로
죽음을 떠 마시며
오늘을 살아야 한다.

춥다 추워
'제인 러셀' 고지에도
겨울이 한창인데
전쟁은 얼지 않는다.

*6·25동란 때, 미군 최전선을 위문 방문한 미국 여배우.

여체는 돌아와도

헤드라이트에 비친 '소백산맥'
낙엽은 눈 위로 돌아와
쉴 곳이 없고,
산의 살갗으로 변한 황간에도
몇몇 사람은 돌아온다.

불발탄은 내리꽂힌 채
겨울잠이 깊은
산맥 능골 사이사이,
주저앉은 전차들은 돌아 갈 곳이 없어
슬픈 비명(碑銘)만을 기다린다.

기관차의 조심스런 개가에
산들은 그저 희멀건 얼굴.
여자는 동짓달에 쫓겨
펄렁 내려딛는 고원
평면으로 깎아진 고을.

타고 남은 역사 기둥의 마중은
우뚝하여도
여체는 돌아와 머물 곳이 없는데
역부는 파아란 신호를 든다.

농부農婦와 눈雪

눈은 내려도
추수 마친 무논에는
쌓이질 않고,
들길 잃어버린 농부(農婦)는
어스름 속을 헤매다가,

눈을 끼니로 집을 수도 없는
기지촌 여자들과 마주친다.
밝던 크리스마스 모꼬지가 눈에 선해
그들은 미군 막사에
휘파람이나 날리지만,

농부(農婦)는
몸은 익을 대로 익었다는 사연을 적어
밤마다 흰 능선으로 띄운다.
눈은 불의 하소 위에
내려서 쌓이는 밤,
배낭의 무게에 지쳐버린

혼백이 돌아와도
지나가는 바람만이 안다.

한밤
가슴에 내리는 눈의 무게에
남편의 체중을 느낀다.
살 냄새를 맡는다.

정월 보름 풍경

이 밤 달이
환히 차려 입고 내려다보는
도시는 빈혈이다.

망가진 영화관을 새어나오는
음향 효과와
어디선가 봄맞이 풍물소리,
그리고 배고픈 깡통소리는
명절이 밝기만 한
빈터를 지나간다.

남의 부엌에 기대어
겨우 절반은 찬 깡통에
달빛은 넘실거리고,

폭사한 엄마 아빠의 나이는 잊어도
명절의 오곡밥을
그들의 창자는 기억한다.

다사롭기만 한 달을 머리에 이고
깡통을 두드려 명절을 새김질 하니
멀리서 풍물 소리도 들린다.

어떤 한가위

쇠도 녹아내리는
전선(戰線)이 맞은
한가위.

탕국 냄새는
마지막 교두보에 번지고,
어린 학도병은 가늠쇠 끝에
풍선이라도 달고 싶은
심사.

차려입은 아이들은
처마 아래
초상집 초롱으로 피고,

전선에는 화포(花砲)냐
또 놀이가 벌어진다.

거리엔

딱총소리도 울리지 않는
묵비(默秘).

웃음은 미리 전사한
포위망 속,
오늘만은
분 냄새도 풍긴다.

상한 목련

겁이 나 떨며 돌아와
더듬는 방은 방마다 냉돌.
기진 해 하늘 우러러보면
허기진 눈에 가득 차는
살아 있는 꽃들.

포연에 달도 숨진 밤
홀로 뜰을 지켜
타오르는 흰 빛
죽음을 거부하였다.

봄을 앞질러 핀 까닭일까
빗발치는 총알
한 몸에 받고도 버티어,
남은 꽃과 봉우리들
쫑긋거리며
방실거리며
무수한 기도의 손과 입.

아수라의 밤을
아침 해가 다스릴 때,
새들 상한 가지로 돌아와
노래의 붕대
휘휘 칭칭 감지 않으려나.

손길

마지막 치례 삼아
등불을 처마 밑에 내걸어도
부상한 군인 하나 찾아오지 않고,
적의 총알은 어김없이
맞히는 지점.

텅 빈 골을 휘감고 나부끼는
부나비의 성화를 나무라
날름 허공 나르던
희디흰 손길이여.

젊음은 강바닥 모래 위에
흰 뼈를 드러낼 때 비로소
십자포화의 가늠 속으로
허우적거릴 나를 향해
'비겁한 차'라고
증거할 손길.

소독 물 향긋이
미움도 고움도 가신
보국의 손길
행주치마 끌러 던져
아낌없고,
지워져 가는 지역
야전병원에 펄럭이는
십자(十字)의 깃발을 향한다.

죽음을 맞는 미소

가파른 길 오르며
애써 정관(靜觀)하며
흔드는 부채마저
검은 바람을 자아내는 비탈길.

무화과는 늦은 가을에나 익을까
가지의 새들 '가라빈가'*로 보여
긴 꼬리 드리우고
낮잠 속 끄덕이며 노래 부르는
죽음과 삶의 어스름 속

오늘도 긴 치마의 여인
털 폭신한 사냥개를 데리고,
강 건너편의 전쟁을 마중하며
무념의 웃음
돌 벤치에 피운다.

콩 꽃 푸른 사이 외줄기 길

스스로 비웃어 코 흠흠 거리며
산 꼭지를 비켜 뒤돌아보면,
전쟁을 맞이하는 미소
아직도 벤치에 피어 있다.

*불경에 나오는 상상의 새. 설산에 살며 노래가
아름답고 몸은 새인데 얼굴은 사람이라 함.

김해평야

포성이 멎었다고
맘 놓고 연꽃은 피었다.
누더기가 되어버린 세상 한 구석에
광복절이 왔다고 연꽃이 피었다.

용케 살아남은 조수는
스페어타이어를 굴러 내려
갈아 끼우려는 낙동강 하류 삼각주.
승객들은 코에 밴 배기를 풀어
동댕이치는
돌볼 사람 없는 농토 가장자리에도
연꽃은 피었다.

수로는 가로 세로 옛날 그대로
사리 땐 밀려오는 바닷물을
감당 못하는 늙은 농부들
찌든 심장을 뽑아 논에 꽂아
꽃 시위를 하는가보다.

거리에서 잡혀 간 아이 소식이 묘연한
농가들은 태극기를 잊었다.
두엄만 쌓여가는 김해평야 한 구석에
연꽃은 피어
어린 목숨은 가고 광복절은 왔다고
합장을 하고 있다.

제5부

남사당패

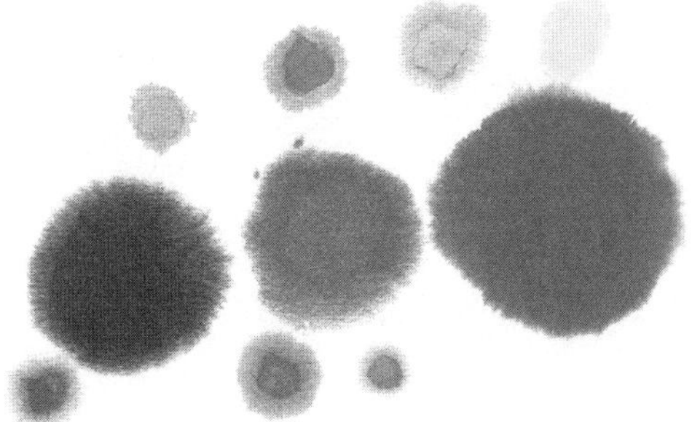

카페 샤포

바람 불어 스산한 날
발길은 갈 바를 안다.

베버리 거리 가까운 곳
'카페 샤포'
비좁은 공간은 백인들 훈김으로 얼룩지고
넘쳐 나온 사람들,
길거리에 차려진 상머리에 조잘거려
잡담이 주식이고
빵은 부식이다.

어느 백인 종족의 종업원들인지
잘 길들여진 행동거지는
흡사 연한 배를 씹는 맛.
가슴팍에 짝 달라붙은
흰 와이셔츠는 이들의 상술이며
십 년을 이어온 카페 샤포의 전통.

눈 꼬리에 주름이 잡힌 안주인은
한국사람.
언제나 구김새 없는
흰 행주치마를 둘러
카페 샤포의 상표랄까,
스물 일곱 살 어머니 어깨 감쌌던
옥양목 깨끼저고리
서리 빛 다사로움이다.

바람 설레어
맘 어수선한 날
'카페 샤포'로 간다.

검은 아리랑

캐럴 송은 꺼지고
장식은 허물어진 어두운 거리,
재즈의 몸짓이 신나
색소폰은 번들거렸다.

이민 보따리 속에
조상의 놋수저는 챙겼지만
아리랑은 거들떠보지 않았다.

참전하여
기지촌에 정든 사람 있어
팔베개하고 익힌 가락인가
사나운 바다를 향한 변주곡.

빚쟁이 닦달을 견디다 못해
집 한 채 팔아 던지고,
어머니 장롱바닥 뒤져
움켜쥔 아버지의 사주단자

색 변해도 아리랑은 새롭구나.

애 타는 사연을 묻고 싶어도
가로막아 흐르는
라이트의 차가운 강물.

찾던 백화점의 조명은 아직도 환해
새해 달력을 고르고 있는데
버리고 온 아리랑이
왜 귓속에 못으로 박히나.

날리고 싶은 돌

샹들리에 유리 세공도
그들 이삿짐에 숨어 떠나고,
끄떡없다던 감정서가 뚫어져
지붕 새어 내리는
찬 빗줄기 맞고
이스라엘의 체질을 느꼈다.

뒤뜰엔 잡초 속에 요동치는
유자나무 세 그루뿐.
순금 빛 열매에 홀려서
껍질을 벗기니
신맛이 전율을 몰고 왔다.

알칼리성 점토에 괭이를 내리꽂다
몇 차례 들린 돌들의 비명
'비트모스'*를 쏟아 부으려던 손이
신음하는 돌을 찾아 들었다.
타석기.

차돌 결을 따라
납작하게 깨뜨린 솜씨
모서리마다 닳아 둔각을 이루고
아직도 남아 있는 원시인의 숨결.

이스라엘이 불도저로
산채로 묻어버린 '이스마엘'
날마다 요단강 서안에 띄우는
피 빛 풍선 위태로운 팽창에
태고의 고요가 스민 돌 몇 점
팔매질해서 날려주고 싶다.

* 산성이끼, 철쭉 등을 심을 때 쓰임.

꿈에 본 아이

이마 빼어나
달덩이 같은 아이가
잠 속에 찾아와
신발 신어 본 적 없다고
흰 고무신 한 켤레 사달란다.

멍하니 바라보고만 있는
아이 세워놓고
아무리 뒤져도
지갑이 보이지 않았다.

양동이에 던져지던
살덩이의 울음은
병원 복도까지 들렸고,

자궁에서 찢겨
결핵 앓던 어미 살린 아기는
흰 버선도 신어 보고 싶다고

입을 열었다.

어쩌다 삼도내*(三途川) 건너게 되면
고무신도 버선도 벗어 가슴에 안고
건너가겠다던
핏기 없는 아이.

* 죽은 사람이 저승으로 갈 때 건넌다는 내.

섣달 그믐 날

사막 선인장 꽃밭에
회오리바람이 몇 차례 지나가고,
남미로 떠나는 비행기
제트 엔진 소리가 곧장 울리더니
한 해가 저문다.

석조 고층 건물에 세든
뭇사무실이 토해내는
묵은 전표와 영수증 따위
한 해의 비늘들이
길바닥에 허옇게 깔린다.

오가는 이방인들은
제물에 나부끼는
한 해의 잔해를 마다 않고
가슴으로 받아,
새해로 넘어갈 차비를 하고

자정을 세어
히스패닉들 쫓겨서 쌓인 울분을
하늘을 향해
권총이나 쏘아 달래거나
데킬라를 목구멍에 부어
활활 타게 하겠지만,
두고 온 향로와 촛대에
쌓여만 가는
까만 녹은 누가 닦는가.

남사당패

나흘 동안은 허전한 장터에
낡은 포장이 쳐지면
남사당패가 왔다는 소문이 퍼지곤 했다.

징, 꽹과리의 신명이
잠시 숨을 돌릴 때,
활짝 펴든 부채만을 믿는 줄광대
요리조리 나비의 춤.
나락 위에 한바탕 구르고는
허공 살 판 뜀.

멀찌감치 아래에 신난 장고
나선형으로 돌고 돌아
힘의 돌개바람.
이만하면 솜씨 어떠냐고 뽐내는
망건 졸라맨 남사당패는
장고 채에 인생을 리본으로 달았다.

위로 솟구쳐도 아래로 굴러도
빠져나갈 길 없는 내 삶 위에,
잔치는 꽃상여로 출렁거려
신나는 장송곡이었다.

녹 난 꽹과리는
집념의 푸른 불꽃 튀기고,
줄 위에 뒹굴어 여한 없는 세월을
활활 불태우던 장터에
이젠 콘크리트 백화점이 섰다.
어디로 가면 버들고리 하나가
전 재산이던
정열의 남사당패
만날 수 있을까.

탈모를 날리는 여인

서산 마루턱
바람에 울부짖는 항공등대에 기대어
여자는 맘대로 길어난 머리를 빗어
탈모는 또 하나의 산맥으로 날렸다.

세월의 무게에 짓눌려
흰 처마 아래 살아
화장은 굳이 밝음을 향하면,
산의 푸름은 온 몸에 옮고
때때로 두 손으로 받아 든 각혈
타고남은 노을보다 짙었다.

어두운 법당
감전을 겪은 불상의
쓴웃음만이 빛나고,
오백 나한의 탱화도
누전에 불타 뼈대뿐.

구유 개수 통
갈망의 입 언저리에
석류는 익어 전식(電飾)을 켜면,
여자는 붉은 결정 백사기에 실어
숟갈로 떠 올렸다.
톱니바퀴 등뼈를 구르는 맛에
뒤틀리는 자궁.

설법은 이미 죽은 자리
요양은 여자의 꼬이는 몸매를
항공등대 섬광은
밤마다 후려갈겼다.

종

맞고 또 맞아 은은한 울음으로
천년을 살아
백팔번뇌 떨쳤나 아낙은
봄날이라 히죽거리나.

당초무늬 수놓고
연화문 판박이 치마를 둘러
고와라 쓰다듬어
손때 자국 기름진 옆구리의 살 냄새.

짐짓 순교한 얼굴로
대들보에 매달려
무아를 꿈꾸지만,
살갗의 돋을새김
향로 연기와 더불어
아직도 구름을 벗어나지 못한다.

목숨에 갈증 난 손아귀들

옆구리 군데군데,
후벼 파 마셔
종과 더불어 살려던
그날의 믿음은?

거푸집에서 갓 뽑았을 때
화끈거리던 입김과
희망으로 숨차 끓어오르던
부르짖음은 식어간다.
구리에 살을 녹여
비로소 이룬 매무새라
세월도 부식도
먼발치로 흘려보내고,
봄이면 자주
몸은 울음으로 떨었다.

당목(撞木)은 허리만을 겨눈
천 년 끝에

끝내 찢어진 옆구리 움켜쥐고
지금도 제도의 숨결로
울부짖는다.

금속 풍차

돌도 엎드리고
덤불도 누워버린 사막
금속 풍차만 무성하여
날개를 펴고도
도는 둥 마는 둥.

따가운 바람이 쌓아놓은
모래언덕에
풍차의 대열은
근위병의 근엄한 모습.

버려진 땅에
인간이 시도한 기술은
자라지 않고
햇볕에 시들어간다.

하찮은 지혜가 심은
거대한 숲은

당당한 활개를 폈어도
돌다 말고
쉬다 돌고
녹만 슬어 가는
게으른 풍차.

만장굴

간데라 행렬은
지하수 방울을 누비며
검은 미래를 향하다가
이젠 되돌아가야 할 때인데.

본 적도 없는
생김새와 넓이와 높이
목소리를 깡그리 빨아들여
전혀 울림이 없는 용암 굴.
흰 석순이 돋아날 기미가 보여
지질학자들은 희망을 걸어
철책을 둘렀지만.

어둠을 핥고 사는 뭇 곤충의 눈은
퇴화를 모른단다.
사람들은 차츰 어둠에 익숙하여
불빛 어른거리는 아낙들의 화장에
아련히 익으려는 정도 눌러야 하고

눅눅한 흑암을 꾹 참는다.

엎치락뒤치락하는 여정에도
요행히 불꽃은 천심(天心)을 가리켰다.
박쥐들의 검은 분이 쌓이면
낮은 목숨은 이를 핥아
한결 윤이 난다.

저 하늘을 향한 숨구멍이
찾던 햇살이 이제야 보인다.
하지만
밤이면 박쥐 엄청난 떼거리를 퍼뜨리고
먼동이 틀 때 이를 거둬들여
시치미 떼는 냉기 서린 공허라면,
이글거리는 용암의 분류
다시 밀려와
목숨도 여정도 불태워 버려라.

파초 꽃

짙은 그늘에 싸여
꽃 한 송이
꽃잎 겹겹으로 자방(子房)을 가리고
무겁게 처져 흙을 바라본다.

격전은 새로운 단장을 낳아
지음 새 모두 젊은 가람.
천왕봉 바라보는 파초
봉발(蓬髮)을 바람이 가져 논다.

떨어져, 반은 흙에 묻힌 꽃송이
절 좋아하는 이들에게
묵시로 말하는 듯.

포탄의 화풀이도
뿌리째 뽑아가지 못하고
홀로 폐허에 솟아 자란 덩치는
절 지붕을 넘으려 한다.

먼 산들의 단풍은 지고
잎들의 춤 속에
자줏빛 꽃 한 송이
땅으로 굽어
갈 곳을 가리킨다.

신라 제祭

군복을 벗어 던지고
화랑의 입성으로 변장한 행렬이
왕릉 사이를 누비고 있다.
축제는 분지에
우리네 가락을 흥건히 담아도
금관의 영락(瓔珞)은
옛 빛으로 깨어나지 않는다.

건축가의 연필 끝은
용광로 설계도쯤은 그려보지만
탑신석(塔身石)을 쪼던
석공의 믿음은 없고,

자유롭던 필치가 움츠러들어
'아사달'의 미완성 초상화를
아틀리에 천장에 매어 단 화가,
이 고장 법주나 한껏 마시고
'아사녀'의 정을

고래고래 부르는 축제의 마지막 날.

공든 탑을 무너뜨리고
속성 재배법을 본떠
고속도로쯤은 샘솟게 한다고 외친다.
개살구 빛으로 익은 공약
주렁주렁 열린 속을
여고생의 호적 행렬이 울고 간다.

타버린 9층 목탑.
엄한 수평 이뤄 아직도 버티는
황룡사 절터 주춧돌 위에
다시 꿈의 탑을 세워보면
봄풀도 우거지려 한다.

여대생들의 교내 시위

네모진 우리에 갇혀
빙점을 지나가는 뜨거운 행렬,
유리 벼랑에의 자유로운 평가는
금지된 지 이미 오래.

치사스런 겨울잠 걷히기를 바라
물속에 타오르는 불꽃.
가라앉기만을 강요당하여
균형 잃은 비중은 기우뚱거리고,

춤의 치마폭으로 너울거려
비로소 찬사를 받을 꼬리가
저렇게 붉게 됨은
스스로를 불태우기 위해서다.

값싼 양주의 취흥에 쏟아주는
카페인보다
차라리 농우의 젖에

살찌고 싶은 생리.
목이 말라
니코틴 중독된 공기에
입을 벌리면
화분의 선인장은 침을 뻗어
갈증을 참으라 한다.

다방에 진치고 앉아
베레모로 이상 발효를 덮은
군사미학은,
빙점을 태우려는
금붕어 치마폭은
절제수술을 받아야 한다고
입을 모은다.

1963년 모某일의 석간 기사

열대어는 2월의 빙벽을 기어올라
꽃 소식을 찾다가
무지개만 만났다.

자칫 빗나간 빛깔이 물에 풀려
빛의 폭포로 드리워진 것
환상의 봄나들이 입성의 색깔.
아직도 살얼음은
마름의 예각인 오후라
잠꼬대로 빛의 볼에 비벼본다.

가린 빙산을 뚫지 못하여
북양 어선의 조난 보도
'오츠크 해'에서 얼은 시체가
표류 끝에 영해를 찾아와도
여전히 한류다.

완상어는 다시 태어남을 꿈꾸며

무지개를 몇 번씩 뚫고 나가도
깨어지지 않을 빙결

바깥 전선은
무거운 정책이 오고 가
휘어 일렁거리는 2월.

제6부

짓밟고 싶은 휴전선

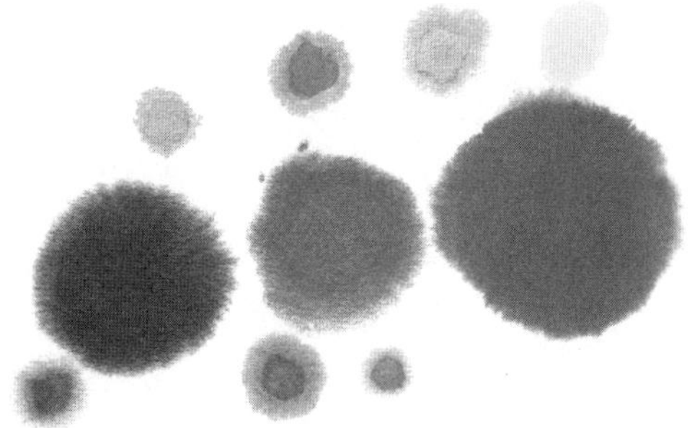

공작

　　범천(梵天)의 꼼꼼한 솜씨는 공작에게 너무 과분한 겉옷을 지어 입혀 우쭐해진 공작은 네 발 짐승에게 뽐내는 게 즐거워 곧잘 발바닥에 흙을 묻혔다.

　　공작은 기도소리에 답하여 꽁지를 펴, 울창한 숲을 채색했지만 날개를 접은 지 이미 오래,

　　공작의 아장걸음과 입성이 탐스러워 백인 밀렵꾼들은 자주 총질을 했다.

　　공작의 퍼덕거리는 임종은 '백조의 죽음'을 따를 수 없어 춤꾼 '미에 슬로벤카'도 거들떠보지 않는 적적한 운명이었고, 거꾸러지면서 편 꼬리의 동그라미는 서양 아낙네들의 규방과 몸치장 감이 되고 깃털은 뽑혀 그들의 몸을 식히는 부채로 둔갑한 뒤,

　　공작의 벌거벗은 넋은 불타(佛陀)의 곁으로 가서 억울함을 호소하니 대답은 "푸른 하늘을 날아야 했다. 그리고

‘바라문’*(波羅文)의 잔학을 알라.” 약간 깨달은 공작의 관모(冠毛)는 꼬부라진 채로 지금까지 불화를 치장하고 있다.

* 인도의 카스트 제도 중, 최고위에 속하는 승려 계급.

미장원에 들른 휴전

해동한 미장원 문도 활짝 열려
거울 속에 맞아주는 동백꽃
피의 웃음소리.

한가한 가위를 손가락에 끼고
온도계 잠깬 눈이 신기해
서로 눈을 맞추는 기쁨의 순간
단골의 인사 소리
들뜬 목청이 울린다.

무성한 머리카락 헤치며
흰 날 번들거려
열 손가락이 갈퀴 되어 뜯던
전쟁 냄새는 이제는 지고 있다.

할 말이 하도 많아
비누 푸는 열 없는 손놀림.
"성탄절에 아로새겨진 전사(戰史)는

아예 잊읍시다. 봄맞이 불꽃놀이였죠."

볕 속에 화장을 마친 아낙네는
새 삶을 꿈꾸나 가사(假死)상태.
구덩이에 빛이 넘치던 날
나사로는 볕을 들이쉬고
죽음에서 풀리지 않았던가.

전진(戰塵)을 양파 꼴로 벗기면
바닥은 이렇게 싱싱한 것을.
뱅어로 여윈 미용사 손가락들은
고객의 고동을 번역하여
"붉은 구근에선 몇 해만에 꽃이 피리라."

포 소리에 놀라
사산(死産)한 물고기는 모조리 떠서
여윈 배를 볕에 쪼이는 날,
강가에 자욱이 나는 묵은 갈꽃도

새로운 삶을 찾기 위함인가
미장원으로 날아든다.

짓밟고 싶은 휴전선

포성이 멈춰
무도화(舞蹈靴)가 갈 수 있는 척후도(斥候道).

수습되지 않은 뼛조각들과
풍성한 종아리가 마주칠 때는
무도화는 민망한 외면,
파묻혀 이빨만 드러낸 두개골
"매운 깍두기 쪽이나
사각사각 베게 하라"는 호소가 들려
군화의 보챔을 거절할까도 했다.

밤은 덮여
서로 주고받던 붉은 탄도가
되레 그리운 시간,
낮의 밝음에 지친 생리는
밤의 아양의 깊이를 찾는다.

손전등 불빛에 발랄한 각선들은

묵은 참호를 건너뛴다.
무도화가 서두르는 병참선(兵站線).
헌 샘을 돌아가면 염소냄새
야곱의 우물은 언제나
청결해야 한다.

예절 모르는 군화가 짓밟는 무도화
화난 무도화가 내려다보이는
휴전선.
우왕좌왕하는 혼불들의 춤판.
젊음은 폭음과 함께 날리고,
낮에는 바람에 의탁해 뼛조각들
서로를 부르다가
밤엔 혼불되어 서로를 찾는다.

예절 모르는 군화가 짓밟는 무도화.
무도화는 지뢰밭 건너 뛰어
피차의 혼불 껴안고

굿 한판 벌여
휴전선 지워지라고
짓밟고 싶다.

극락 새의 꿈

원주민 허리를 가린 깃을
무역풍이 쓰다듬어
간지러운 웃음.
수출엔 아직 상표가 붙지 않아
조개*를 가지고 장터로 간다.

약 상자엔 '기나' 껍질은 떨어지고
늪엔 말라리아의 열이 고였어도,
헤엄치는 물소들의 뿔
억센 각도로
극락 새의 춤은 오라고 손짓한다.

다시 시작한 화산의 구역질
침입을 태우려고 바다로 흘러내리는
용암의 분류가 반가워
철없는 극락 새들의
나들이 차림 불구경.

표본이 되어
적도 넘기를 싫어하는 극락 새의 춤.
짚으로 창자를 대신할 수 없는 노릇
먼 포르말린 냄새를 역겨워하며
불타는 강 위에 한들한들.

노여움 뿜어대는 분화구
수폭의 불기둥보다 긴
신앙의 도가니 위에 나부껴
질식하여 숲에 떨어져 죽어도
남을 오색 깃털.
토착민 검은 살결을 단장하리라는
극락 새의 꿈.

* 뉴기니아 토착민이 귀중히 여겨 유통되던 조개.
지금도 정부 발행의 화폐보다 귀하게 여김.

팔과 다리의 차등

마스크로 호흡기관을 단속한 의사가
메스로 재어보는 허벅지의 탄력
한물간 생선의 그것 정도
유한(有閑) 탓이다.

뒷골목
어지러운 눈의 반사광선 속
행상 떼거리의 동상한 다리는
곧게 서려고 떨고 있고,

맞은편 꽃가게에는
온실에 자란 체온을 포장하는
말쑥한 솜씨.
꽃은 전차 손잡이에 매달려 있어
장갑 낀 손 역시 버튼을 끄른 채
가죽 띠를 잡고는 꽃과의 시새움.
오후의 하얀 하품을 막는
건강한 손도 있다.

수술대에서 떨어지는 허벅지
둥근 단면에서
에테르가 증발하는 눈 있는 오후
상술의 흰 손들은 축배를 든다
성한 저희들 수족을 위해.

고사목들의 춤

산길 가로막아 길가는 사람 잡고
춤추고 가라고 꾀는 나무들은
등성마다 골짝마다 꽉 찼다.

살아서는 푸른 멋 줄줄 흐르더니
가지마다 이룬 수평 그대로,
희게 바래어져
하늘에 그리는 쉴 새 없는 춤.

추위와 바람이 좀먹는 가지
습한 기류 감겼다 풀렸다 비 잦은
천왕봉 약간 비켜선 중봉 허리
내리 훑어 쓰레 봉에 이르는
고사목들 영혼의 춤판은 넓다.

푸른 바닥에 단풍을 칠한
빼어난 봉우리들 무대로 지고
춤에 반해 함께 춤추다 지친

산새들도 쉬게 하고,
해에 해를 이어 춤도 이어지는
지리산 고사목들 흰 구상나무
살아 숨 쉬는 춤.

한라산 고사목枯死木

하늘 덮은 침엽수 원시림이
바다로 퍼진 사이사이
살려던 안간힘도 다 풀려
희게 희게 바래진 나무들.

백록담에 매무새 비춰
스스로 취하던 날부터
용암의 검음을 뿌리로 움켜쥐어
거센 바람을 버티고
마지막 숨 거둔 날을 헤어
몇 백 년일까.
지금은 목숨도 푸름도 없는
희디흰 고요.

해발 2천 미터의 낭떠러지에
해가 걸려
등산객들의 서두르는 발길.
천년 묵은 자리를 지키는

구강나무 고사 체는
꼿꼿이 솟아
더욱더 희게
고요에 녹아든다.

백조를 기다려

시월이면 북쪽 들녘은 춤도 얼어
남으로 흐르는 강줄기 따라
올지도 모를 흰 기쁨을
몇 해째 기다린다.

동지는 황룡 골 저수지를 굳혀
육중한 몸들을 지탱케 했고,
사온(四溫)의 날씨는 함박눈으로 내려
펼치던 춤 판.

바로 이때였다.
어른거리는 그림자에 퍼붓던
주둔군 병사들의 느닷없는 총질
흰 춤을 앗아갔다.
둥근 몸매의 유혹
깃털의 서릿빛 탓이었을까.

흰 그리움을 기다리다가

눈이 내리는 날은
산골 저수지로 간다.
기억에 쌓인 눈도 함께 헤치면,

춤판에 쏟은 핏자국
얼음으로 남아 있어
고니 떼 이 땅에서 춤 춘
내력을 말한다.

금속이 되어 가는 새

금속 숲에 파닥거려
죽지 쉬려고
가지에 앉으면
발이 시리다.

지붕에만 자란 가지에는
수액이 흐르지 않아
새는 제 자신을 잃고
두고 온 숲을 돌아본다.

도시는 아황산가스로 삭아
금속 숲은 어쩔 수 없는 흰 단장.
계절이 바뀐다고 전갈하는 바람은
솜털 뿌리까지 스미고,

시월의 달력은 팔락거려도
단풍잎 하나 달지 않은 숲
'아닐린'* 색도만 진해지는 곳

새는 도시라는 중독증을 일으켰다.

햇빛은 시력과 함께 약해지고
앙상한 숲과 도시를 분간 못하는 새.
보금자리 칠 가지 하나 못 찾는
금속이 되어 가는 새.

    * 아닐린을 원료로 한 여러 가지 현대적 물감.

화약이 앗아간 꿈

황새는 화약 냄새를 벗어나려고
훨훨 날았지만
지아비 피의 인력 때문에
내린 곳은 성산포 갯가.

갯벌에 두 발을 꽂고
우중충한 거울을 들여다본다.
진흙 묻은 청상과부가 거기에 있다.

봄이면 낳아야 할
뜨거운 무정란,
고개 들어 물을 바라본다.
박제로 장사 지낸 지아비는
유리관 속에 잔다.

새끼를 길러
연처럼 띄워 보려던 꿈
어린 알로 전하려던 사랑

화약이 앗아갔다.

갯바람 드세게 불어도
가슴에 새겨 준
지아비의 춤사위
가로채지 못한다.

목숨의 탄도

맞받이 바람
가슴에 비비며
펄렁펄렁 인력을 박차는
강행군.

이 장도에 축포 보내어
하늘 잠시 휘황한 속
허우적대는 날개들
번개의 세례에
진정 불사조 되어라.

서로 찾아 외쳐
피 묻은 부르짖음
어둠에 걸치고,
흐르는 구름 흔들리는 항로에
갑시는 저항의 응고체.

날개 포근히 맞대고

쉴 곳은 어디인가
새들 목숨의 탄도를
거친 하늘에 그린다.

피 묻은 울음

어둠을 쪼아도 쪼아도
잠을 찾지 못하는 새
내 머리맡으로 와
피 묻은 울음을 토한다.

먹칠 한 공간에
켜지며 꺼지며
이어지는 가락은
진정제도 효험이 없는
내 뇌수에
궂은비 되어 내린다.

하늬바람 속에선
얼씬 않던 가락이
기지개 켜는 목숨들에게
불장난하는 걸까.

아, 그렇구나, 번식기

썰렁한 잠자리에
또 하나의 다사로움을 불러
새는 울음과 함께
피도 토한다.

생生

여름이 무르익어
개미와 베짱이의 우화를
지워버리려나
갖가지 음계의 불협화음.

푸름에 젖은 교향악은
이글거리는 더위를 떠받고
가라앉기만 하는 낮잠의 수렁
그네로 일렁인다.

땅속 누기에 명상하여
열 해였던가
드디어 얻어냈나, 지천명(知天命)의 경지
간신히 기어 나와 만상이 부끄러워
앞발 들어 이마 가리고
등 갈라질 시각 기다리더니,

아름드리 줄기 틀어 안고

기운 햇살이 아쉬워
불러 뉘우침 없는 노래의 한 살이
아무리 시간 쪼개어 살아도
반짝 흐를 열흘 안팎.

올곧은 세계관, 또는 시각의 원숙성

—박만영 시집 『잠시 휴식』에 부쳐

김 종 회(문학평론가, 경희대 교수)

1. 사막의 땅에 핀 마음의 꽃

미주 한인 문단, 한민족 문화권의 소중한 영역이 된 그 문학적 터전에서 만난 박만영 선생은, 곧고 단단해 보이는 노시인이었다. 남달리 형형한 눈빛과 매우 독특한 억양을 가진 선생은, 8만 리 바다 건너 미국 땅에서 사는 분이 아니라 이 땅 어느 풋풋한 시골에서 만난 마을 존장 같은 분이었다.

그의 세 번째 시집에 평문을 부치면서, 필자는 여러모로 감회가 새로웠다. 이 시집의 시편들 가운데 녹아 있는 파란 많은 인생유전(人生流轉)의 모습과 더불어, 미국과 한국 사이

를 가로지르는 시인의 인식들이 범상하게 스쳐 지날 수 없
는 면모들을 끌어안고 있었기 때문이었다.

　그는 미국에서 꾸려가는 자신의 삶과 그 환경을 설명하
기 위하여, 시집의 들머리에 먼저 '사막'을 가져다 두었다.
자신이 거주하는 로스엔젤레스가 당초 사막 위에 세워진
도시이기도 하거니와, 그의 시적 상상력은 네바다 주(州)를
종횡하며 다양한 사막 바라보기의 시각적 스펙트럼을 만들
어 낸다.

　　　　사막의 불볕 바람도 범접 못하는
　　　　서늘한 궁궐 속인데도
　　　　뭇 투전 기계는 항상 신열을 앓는다.

　　　　사람들은 기계 손잡이에 매달려
　　　　행운을 건지려고 애쓰고
　　　　쟁반에 소다수 받쳐 든
　　　　종아리 멀쑥한 백인 여자들은
　　　　기계 사이를 헤엄치는 인형들이다.

　　　　한국 아낙의 호칭은 '블랙 잭 딜러'
　　　　빛살처럼 셈하고
　　　　바람개비의 회전으로
　　　　거두어 섞는 카드는
　　　　손끝의 요술.
　　　　　　　　　　　—「네바다에 피는 웃음」 부분

사막 한가운데 지상 최대의 환락가를 건설한 라스베가스에, '한국 아낙'이 '블랙 잭 딜러'로 등장한다. 이 짧은 구절의 함의는 그렇게 만만하지 않다. 로스엔젤레스에서 라스베가스에 이르는, 사막을 배경으로 한 이민자의 미국적 삶과 그 인식도 그러하거니와, 거기에 한국인의 특정한 좌표를 설정해 보이는 시인의 발화 방식과 그에 대한 강조 또한 그러하다.

실제의 생활 무대인 사막과, 사막과도 같은 이민자의 삶, 라스베가스라는 매우 독특한 공간 환경 속에서 백인 여자들을 헤치고 출현한 한국 아낙의 형상은, 시인 자신이 겪은 그로테스크한 세상살이와 거기에 반사된 한국인 이민자의 모습을 극명하게 부각시킨다. 이러한 한국인의 선명한 그림은 그의 시 여러 곳에서 도출된다.

먼 곳의 몇 줄기 폭포와 뒤섞여 이루는 교향악
플루트 솔로가 들려왔다.
에델바이스다.
찬바람에 떠는 흰 솜털의 꽃
객지살이에 익숙해진 한국 가수가
불러 넘기는 가락이었다.
—「에델바이스」 부분

눈 꼬리에 주름이 잡힌 안주인은

한국사람.
언제나 구김새 없는
흰 행주치마를 둘러
카페 샤포의 상표랄까,
스물 일곱 살 어머니 어깨 감쌌던
옥양목 깨끼저고리
서리 빛 다사로움이다.

―「카페 샤포」 부분

스위스 '에귀 디 미디' 산의 정상에서 내려와 묵는 마을에서, 그리고 로스엔젤레스의 이름있는 카페에서, 시인은 줄곧 한국인의 소리를 듣고 한국인의 모습을 본다. 그 한국인은 어디에나 있거나 아니면 어디에도 없다. 시인의 심상에 비치고 거기서 반응을 유발하지 않는다면, 그저 사막도 시의 흔한 풍경일 따름인 것이다.

시인의 사막에 대한 강박감은 「사막이 되어」나 「독사와 선인장이 사는 가슴」 등의 시편에 반복적으로 나타난다. 그리고 그것은 궁극적으로 그가 고국을 태평양 저 건너에 두고 온 이민자라는 사실과 관련되어 있다. 그러기에 이 시집 표제작의 제목처럼, '잠시 휴식'인 인생길에서 '검은 아리랑'에까지 이르면서, 그의 시적 운명은 이 양자 사이에 걸쳐진 외나무 다리를 타고 넘는 일일 수밖에 없다.

2. 두고 온 산하의 아름다움

시인은 그 일상이 이중문화와 이중언어의 체험 속에서
살아야 할 운명에 처해 있다. 그러한 그에게 시가 소용이
되고 활력이 되는 공간이 있다면, '두 세계의 단절'을 구획
하는 지점으로부터 '보다 넓은 세계로의 확장'을 견인하는
지점으로 나아가는 대목이다. 말을 바꾸면, 그에게 시는 자
신의 삶과 그 의미를 통어하는 하나의 지침이요 질서이다.
그래야만 이민자의 삶이 값있는 자리에 서게 되고 두고 온
고국도 탄력적인 대칭의 기능을 회복하게 된다.

> '나이아가라'는
> 쏟아지고 엎어지고 뒹굴지만
> 남강은 깊고 조용하다.
> 세계의 어느 물도 한 덩어리다.
>
> 어둠에 깔려
> 폭포에 조명이 어리고,
> 폭포소리는 자장가로 변질해
> 속살거렸다.
> "애초에 논개는 물이었다"
>
> ─「논개는 물이었다」 부분

필자가 청소년기를 보낸 고장 진주의 논개가 느닷없이

‘나이아가라’ 앞에 선 그에게 특별한 빛깔로 육박한다. 얼
핏 이 시인과 독자인 필자 사이에 논개를 매개로 한 인식
의 공유는 쉬워 보이지 않는다. 그러나 시각을 조금만 바꾸
면, 왜 그에게 논개가 ‘물’이었는지는 납득이 될 만한다. 그
로서는 미국 동부 대륙을 적시고 장관의 물줄기로 쏟아지
는 ‘나이아가라’ 폭포와 한국 서부 경남의 젖줄로 살아 있
는 남강의 ‘맑은 물’이 굳이 ‘세계의 어느 물도 한 덩어리’
임을 함께 증명해야 하기 때문이다.

그것은 그가 논개와 함께 두고 온 고국 산하를 미국의
낯선 풍광 곳곳에 대입해 보는 시적 적용 행위를 그칠 수
없는 까닭에서이다. 이는 전혀 새로운 땅에서 삶의 지형도
를 그려야 하는 시인이 자기 정체성의 근본을 붙들고 고투
하는, 자기 방식의 출구요 진로를 발견하는 일이다. 그러해
야만 그의 고국이 그 자신 속에 오롯이 살아 있게 되는 터
이다.

잘 들여다보면, 그가 옛 산하에 두고 온 눈길, 손길들이
많고도 다양하다. 물에 달그림자 뜨면 마음 스스로 풀려
다시 피는 섬진강 긴긴 강가 달맞이꽃(「섬진강 달맞이꽃」)이
그러하고, 어디로 가면 버들고리 하나가 전 재산이던 정열
의 남사당패(「남사당패」)가 그러하고, 군복을 벗어 던지고
화랑의 입성으로 변장한 행렬이 왕릉 사이를 누비는 신라
제(「신라 제(祭)」)가 그러하다. 이 여러 모습의 고국은 여전히

그의 내면에 깊은 음영을 드리우고 있고, 시는 그에게 그것
을 의식의 표면으로 길어 올리는 소중한 두레박이다.

3. 자연친화의 순후한 서정

그런만큼 시인의 눈에 비친 풍경들은, 범상한 사물들의
집합으로 그치지 않는다. 그것이 자기 삶의 의미를 뒷받침
하는 의미화된 매개체인 것은 시인의 주관적 관점에 근거
해 있을 때이고, 이는 또한 풍경 자체의 객관적 존재양식에
대한 인식의 지평으로 전화해 갈 발판이 된다. 이렇게 풍경
속의 사물들이 객체화될 때, 자연친화의 순정한 눈길, 그리
고 시인 자신이 힘주어 호명한 '생태계 보존'의 세계관이
시를 통해 구체적 형상을 얻는다.

몇 해를 두고 바위섬과 사귀고 보니
섬을 알 것만 같았다.
집착하는 따개비와
겁 많은 말미잘을
내게 詩로 주었다는 것도
나는 섬과 하나가 되는 게
소망이었음도 알게 되었다.

―「바위섬」 부분

이 바위섬이 태평양 이 편의 섬인지 저 편의 섬인지는 분명하지 않다. 그러나 그 섬과의 친화가 순수한 감정의 아름다움으로 물들어 있고, 더 나아가 그 섬의 소산들이 시인에게 시로 주어졌다는 고백에 이르고 있다. 마침내 시인은 섬과 하나가 되는, 자연과의 합일이 소망이었음을 토로한다. 이러한 자연 경물을 향한 심정적 경사는, 그 외양의 문제가 아니라 본질적인 친화력과 관련되어 있고, 다음과 같은 시편이 이를 증거한다.

땅꾼은 뱀이 귀여워
돌무더기를 뒤지다가
번져 나오는 이끼 냄새 묻은
뱀의 호흡을 즐겨 마셨다.

ㅡ「땅꾼」 부분

'뱀이 귀여워' 그 호흡까지 마시는 시인의 행위는, 한편으로는 매우 작위적으로 보이지만 다른 한편으로는 그 의지의 바탕에 자연친화의 선험적 잠재의식이 잠복해 있음을 감각하게 한다. 그러할 때 시인은 쉽사리 자연 속으로, 그 상징적 형체로서의 '숲' 속으로 걸어 들어 갈 수 있고 숲 속의 풀뿌리 나무뿌리들과 오감을 열고 교감하는 유다른 차원을 열어 보이게 된다.

-「춤추는 숲」 부분

그러나 이처럼 순방향의 인식이 가능한 환경 조건 속에만 있었다면 시인은 스스로 시의 문전(門前)에 '생태계 보존'이라는 명호를 내걸었을 리 없다. 그 역의 방향이 유발하는 환경과 생태계 파괴의 여러 범례들은, 지금 이 지구상에 넘치도록 부지기수로 널려 있거니와, 시인은 이를 원자핵이나 금속성 오염의 폐해를 통해 바라본다.

-「원자핵 시대」 부분

시인은 '비키니'는 '미국이 맨 처음 수폭 실험을 한 곳'이라는 각주를 달아 놓았다. 그 비키니의 불꽃과 백혈병 증

세를 보이는 선인장과 약국 조제실의 백랍 약사를 한 묶음
으로 제시하면서, '원자핵 시대'의 우울한 몽상을 목전에
펼쳐 놓는다. 이러한 환경 파괴의 현실에 대한 경고는, 다
음 시에서도 동일한 파열음을 생산한다.

> 시월의 달력을 팔락거려도
> 단풍잎 하나 달지 않은 숲
> '아닐린' 색도만 진해지는 곳
> 새는 도시라는 중독성을 일으켰다.
>
> 햇빛은 시력과 함께 약해지고
> 앙상한 숲과 도시를 분간 못하는 새.
> 보금자리 칠 가지 하나 못 찾는
> 금속이 되어 가는 새.
>
> —「금속이 되어 가는 새」 부분

이 시인의 시를 통한 환경 고발은 대체로 여기까지이다.
좀 더 욕심을 내자면, 그의 이 강력한 문제 제기가 보다 근
원적인 울림을 동반하거나 그 출구를 상징적으로 예시하는
차원을 매설하고 있다면 하는 아쉬움이 없지는 않다. 그러
나 그것은 박만영 시의 방식이 아니다. 이 시인은 자기의
영혼, 정제된 인식 영역에 부딪치는 환경 문제의 범주에 정
직하게 반응하고 있다. 우리는 그 점을 값있게 평가하는 것
이며, 그리하여 이 생태계 보존의 문제는 또 하나 그의 시

를 지탱하는 중심축인 반전의식의 문제와 나란히 일어서게
된다.

4. 전란 없는 날을 위한 노래

박만영 시인의 연령으로 미루어 짐작하건대, 미국 이민
전의 그는 이 땅에서 남북이 상잔한 전란의 폐해를 직접
온몸으로 체험한 당사자였을 것이다. 어느 경우인들 전쟁
의 뒤끝을 두고 그 참상에 대한 통탄을 건너뛸 수 있을까
마는, 이 시인은 '눈 못 감는 피아의 푸른 주검'이 뒹구는
자리를 두고 '까마귀의 영토'(「까마귀의 영토」)라는 용어를 동
원한다.

> 철의 삼각지대
> 살과 쇠는 함께 터져
> 삭풍과 피 먼지가 휘몰아치는 후방.
> 포장도로 위에도 피 가래가 미끄러진다.
> 그래도 우리들은 커피 잔으로
> 죽음을 떠 마시며
> 오늘을 살아야 한다.
>
> 춥다 추워

전쟁은 과거완료형이 아니라 여전히 현재진행형이다. 그래서 ‘커피 잔으로 죽음을 떠 마시며 오늘을 살아야’ 한다. 전쟁이 한창이었을 무렵 겨울이 얼 겨를이 없었을 것처럼, 지금 ‘겨울이 한창인데 전쟁은 얼지’ 않는다. 저 유명한 철의 삼각지대 전투를 회상하는 이 시인의 가슴 속에, 전쟁은 언제나 ‘춥다 추워’의 겨울로 버티고 있다. 그토록 추울 수밖에 없는 사연 한 가지를 예로 들자면 곧 다음 구절이다.

정월 보름의 명절과 전쟁 고아의 절반 찬 깡통의 대비를 통해, 전쟁의 기억은 그 비극성의 천정을 친다. 험난한 세

파에 부대낀 어린 정신은 혼미해져도 아직 설익은 그 몸이 기억하는 과거는 슬픔의 곡절이 무엇인가를 말한다. 그와 같은 명절은 여기 또 하나 더 있다.

> 쇠도 녹아내리는
> 전선(戰線)이 맞은
> 한가위.
>
> 탕국 냄새는
> 마지막 교두보에 번지고,
> 어린 학도병은 가늠쇠 끝에
> 풍선이라도 달고 싶은
> 심사.
>
> 차려 입은 아이들은
> 처마 아래
> 초상집 초롱으로 피고,
>
> 전선에는 화포(花砲)냐
> 또 놀이가 벌어진다.
>
> —「어떤 한가위」 부분

‘쇠도 녹아내리는’ 그 전선에서 ‘어린 학도병’이 맞는 한가위는, 죽음의 화포놀이에 침몰되어 있다. 누가 있어 이 통절한 아픔의 시대극을 연출한 것이며, 누가 있어 그 전후

문맥을 가려 시비를 엄정히 할 것인지 도무지 알 수 없는 형편이다. 그것이 반세기 전의 일이면서 동시에 오늘 이 시대의 일인 것은, 그 깊은 상흔을 지워내지 못하고 되새겨야 하는 개인 그리고 민족사의 환부 때문이다. 그러니 이를 시로 발화하고 있는 시인 자신이 반전주의자(反戰主義者)가 아니고는 배길 재간이 없을 터이다.

그러기에 잠시 쉬고 있는 전쟁, 휴전은 미장원에도 찾아오고(「미장원에 들른 휴전」), '포성이 멈춰 무도화(舞蹈靴)가 갈 수 있는 척후도(斥候道)'의 휴전선을 짓밟아 버리고 싶게 한다(「짓밟고 싶은 휴전선」). 그런가 하면 이 상황을 보다 폭넓은 생명 현상 위에서 바라보며, 새를 의인화한 시도 있다. '박제로 장사 지낸 지아비'를 잃은 '진흙 묻은 청상과부' 황새는 화약이 앗아간 꿈에 짓눌려 있다(「화약이 앗아간 꿈」).

총검은 인권을 꿰는 나라.
커피 밭에 쏟는 시간당 땀 값은
겨우 1달러.
새삼 흰 살갗이 부끄러워
손등을 먹칠하고
송송 바느질을 하였다.

......

나날이 이곳에 들랑거림은

실내온도 늦가을을 넘어서는 온기와
한식보다 값싼 음식 까닭만은 아니다.
푸른 십자가가 나르는 일용할 양식
'로스트비프 디럭스'에 낀
스위스 치즈 희멀건 맛보고
속으로 올리는 기도가 있다.
"중미 흰색들의 횡포를 눈여겨 보시고
이들을 심판하소서."

―「푸른 십자가」 부분

한반도의 해묵은 전쟁과 그 아픔 그리고 슬픔 가운데 침윤해 있던 시인은, 어느 결에 지금 자기 삶터인 미국 땅 중미인이 열고 있는 한 양식당으로 옮겨와 있다. 그는 고국의 전쟁을 바라보던 그 통렬한 심사에 연이어, 중미 독재 통치 국가의 탄압과 고통을 함께 아파하고 함께 분노한다. 그의 반전의식과 비판적 세계인식은, 그러므로 어느 모로 보나 양 대륙에 공히 공통의 방식으로 작동한다.

박만영 시인의 이 시집을 관류하고 있는 두 개의 중심 사상, 오랜 세월의 풍화에도 곰삭지 않는 전쟁의 참화에 대한 분노와 반전의식, 그리고 순후한 자연 생태계를 향한 애정과 그 보존에의 의욕은 이렇게 그 끝머리를 보이고 있다. 그리하여 그 몸은 오랜 연륜으로 고령에 이르렀어도 그 정신은 여전히 맑고 청청한 이 시인이 축적한 바 올곧은 세계관과 시각의 원숙성은, 시적 완성도 이전에 우리 삶의 곡

진한 교훈으로 먼저 다가온다.

부디 바라건대 시인의 남은 생애가 더욱 노익장(老益壯)하고 역부강(力富强)하여서, 더 많은 좋은 시를 생산하게 되길 기대해 본다. 그의 오랜 인생 역정에 있어 그가 두루 밟아 본 고국과 미국의 두 대륙, 그 각기의 땅에서 산출된 시 의식과 표현의 방식이 노년의 지혜로움과 함께 빛날 수 있기를 축원한다.

박만영

시집 『풀어진 정의 매듭』, 『섬진강 달맞이 꽃』
한국문인협회 회원
미주한국문인협회 회원

잠시 휴식
생태계 보존과 반전(反戰) 의식

초판 인쇄 2008년 3월 10일 | **초판 발행** 2008년 3월 17일
지은이 박만영
펴낸이 최종숙
책임편집 권분옥 | **편집** 이소희 양지숙 김지향 | **표지** 안유미
펴낸곳 글누림출판사
등록 제303-2005-000038호(등록일 2005년 10월 5일)
주소 서울시 서초구 반포 4동 577-25 문창빌딩 2층
전화 02-3409-2055 | **팩시밀리** 02-3409-2059
홈페이지 www.geulnurim.co.kr | **전자우편** nurim3888@hanmail.net
ISBN 978-89-91990-86-9 03810

정가 9,000원
* 잘못된 책은 교환해 드립니다.